KB031076

누가 고양이를 데려갔나

그림 이영림

대구에서 태어났으며, 국민대학교 회화과를 졸업하고, 영국 킹스턴 대학에서 일러스트레이션 석사 과정을 공부하였습니다. 현재 열심히 그림을 그리고 이야기를 만들고 있습니다. 쓰고 그린 책으로 〈깜깜이〉가 있고, 그린 책으로는 〈미루미루수리수리 미루의 미루 찾기〉, 〈신통방통 일기 쓰기〉, 〈방귀 스티커〉, 〈불과 흙의 아이 변구, 개경에 가다〉, 〈최기봉을 찾아라!〉, 〈화장실에서 3년〉, 〈게으른 게 좋아〉, 〈선생님이랑 결혼할래〉 등이 있습니다.

누가 고양이를 데려갔나

글 고상한 그림책 연구소 | **그림** 이영림

상상의집

벌써 보름이나 되었다.
우리 깜냥이가 사라진 지.

야옹~

깜냥이는 우리 오총사가 키우는 고양이다.
학교 화단 구석에 고양이 집을 만들고
번갈아 가며 밥을 준다.
깜냥이는 우리 발소리만 들어도
'야옹' 하며 뛰어나온다.

“내가 집에 데려가서 키울래!”

“아냐, 내가 처음 발견했잖아. 우리 집에 데려갈 거야.”

“너희 엄마가 허락하시겠어? 우리 고양이랑 친구하면 돼.”

우리는 서로 깜냥이를 데려가겠다고 싸웠다.

“우리 그럼 다 같이 키우자!”

그렇게 깜냥이는 우리 오총사의 고양이가 되었다.

그런데 보름 전부터 깜냥이가 보이지 않는다.

"금방 돌아오겠지. 다른 동네 놀러 간 거 아닐까?"

현호가 대수롭지 않게 말했지만 나는 확신할 수 있다.

범인은, 우리 안에 있는 게 틀림없다!

나는 깜냥이를 데려간 범인을 찾아내고 말 거다.

현호가 제일 의심스럽다.
깜냥이가 사라진 것을 걱정하지 않는 게 영 수상하다.
게다가 깜냥이가 없어진 날, 먼지를 둘러쓴 듯 콜록댔다.
깜냥이를 데려가려고 한바탕 소동을 피운 것이 틀림없다!

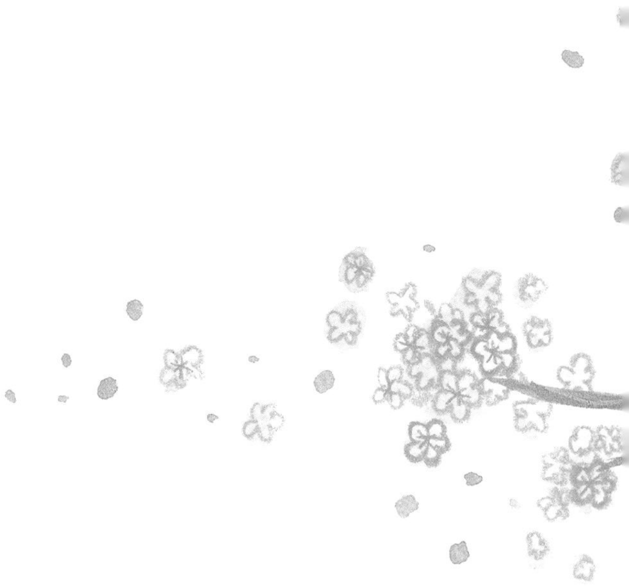

아니, 잠깐만.

그러고 보니 민재도 이상한데?

봄에 어울리지 않게 두꺼운 점퍼를 입고 있었다.

그날 깜냥이를 점퍼 속에 넣어 간 건가?

생각해 보면 의심스러운 일이 또 있다.

우진이가 물에 흠뻑 젖어 교실로 뛰어 들어온 것이다.

혹시 깜냥이를 잡으려다 물그릇을 엎었나?

그날 예준이는 못 본 것 같은데…….

예준이는 범인이 아닌가?

나 김민지는 고양이의 명예를 걸고

반드시 깜냥이를 찾아낼 것이다!

깜냥이를 데려간 범인!

아이들은 저마다 아니라고 아우성이다.

"무슨 소리야! 나도 깜냥이가 걱정된다고."

"나는 절대 데려가지 않았어."

"민지 너야말로 깜냥이를 제일 좋아했잖아!
네가 데려간 건 아니고?"

나는 탐정처럼 또박또박 말했다.

"그렇다면 너희가 아니라는 증거를 대 봐! 알,리,바,이!"

"음, 그래! 일기장, 일기장을 보면 알 수 있잖아!"

현호의 일기

○월 ○일 날씨 흐림

하늘이 뿌옇고 먼지가 너무 많다.

엄마가 나는 기관지가 약하니까

마스크를 꼭 쓰고 다니라고 하셨는데

깜빡 잊고 마스크를 가져오지 않았다.

먼지가 하늘 가득 떠다닌다.

콜록콜록, 자꾸 기침이 나네.

민재의 일기

0월 0일 날씨 맑음

어제 날씨가 너무 추워서

두꺼운 겨울 옷을 다시 입었다.

이런 날씨를 꽃샘추위라고 부른단다.

꽃 피는 것이 샘나 추운 거라나?

하지만 오늘은 하나도 춥지 않았다.

겨울 옷을 입고 나는 너무 더웠다.

우진이의 일기

0월 0일 날씨 비

깜박 잊고 준비물을 안 가져와서

쉬는 시간에 집으로 뛰어갔다.

우리 집은 학교 바로 앞이라 이럴 땐 정말 다행이다.

그런데 갑자기 비가 내렸다.

옷이 젖어 버렸다.

교실에 도착하자마자 비가 그쳤다. 운이 없는 날이었다.

"같은 날 일기인데 왜 날씨가 다르지? 다들 꾸며 낸 거 아냐?"
내가 의심하자 아이들은 진짜라며 손사래를 쳤다.
예준이만 빼고 말이다.

"예준아, 네 일기는?"

"그래, 우리도 다 일기를 보여 줬잖아! 너도 빨리 펼쳐 봐!"

"나, 나는 그날 일기를 안 썼는데……."

수상하다. 범인은 예준이가 틀림없다!

"예준이 네가 깜냥이를 데려간 범인이야!"

"으앙! 난 정말 데려가지 않았단 말이야!"

예준이가 울며 뛰쳐나갔다.

나는 예준이에게 미안해졌다.

"그러고 보니, 그날 예준이는 아파서 엄마랑 일찍 간 것 같은데?"

“겨울에서 봄이 되는 환절기에는 감기를 조심해야 해요.”

"예준아! 잠깐만, 내가 미안해!"

나는 서둘러 예준이를 따라갔다.

내 목소리를 들었는지 예준이가 걸음을 멈췄다.

"헉헉, 예준아!"

"어? 어디서 고양이 소리 안 들려?"

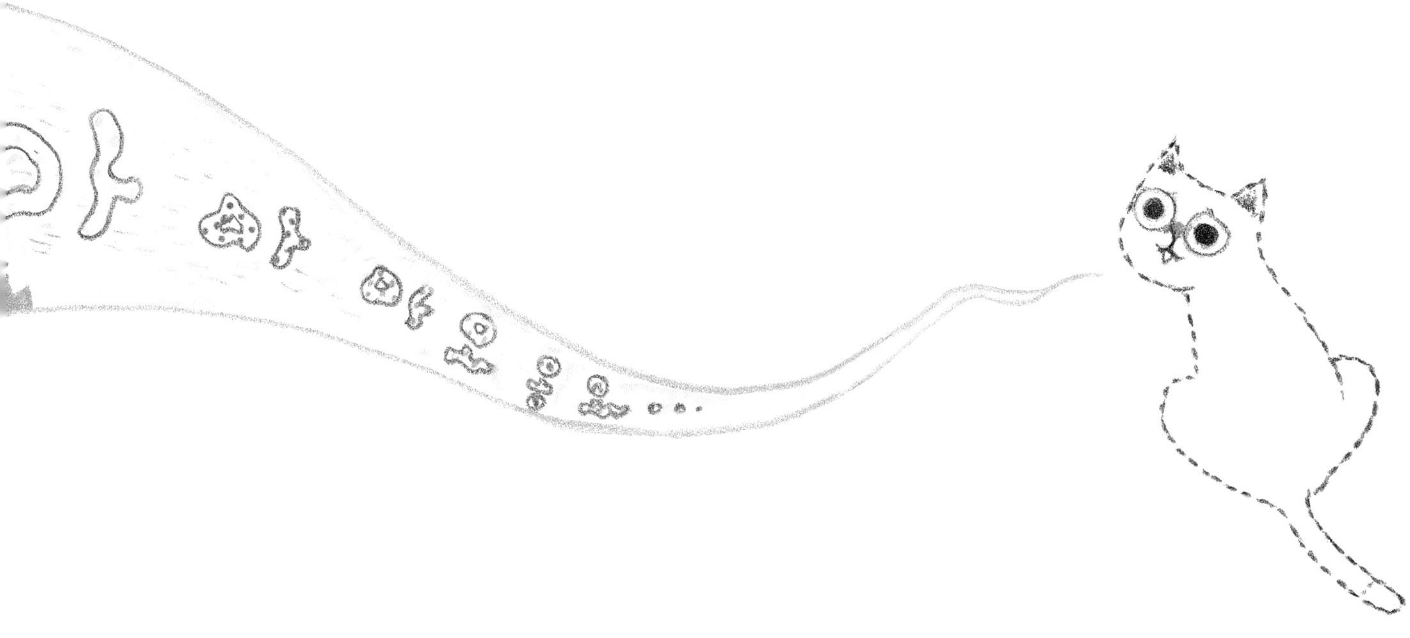

나는 귀를 쫑긋 세웠다.

"야옹, 야옹."

예준이와 나는 얼굴을 마주보고 동시에 말했다.

"깜냥이다!"

수위

“여기 깜냥이가 있어!”

깜냥이는 수위 아저씨 초소 아래에 있었다.

우리는 너무 반가워서 소리를 질렀다.

“깜냥아!”

“너희 고양이니? 이 녀석이 새끼를 낳아서, 내가 돌봐 주고 있었지.”

“새끼요?”

우리는 눈이 휘둥그레졌다.

초소 아래 상자를 보니
이불 위에 깜냥이를 닮은 새끼 고양이 두 마리,
깜냥이를 하나도 닮지 않은 새끼 고양이 두 마리가 있었다!
아저씨는 흐뭇한 표정으로 고양이 머리를 쓰다듬어 주셨다.
"깜냥이가 이제 엄마가 되었어!"
"의심해서 미안해, 예준아."
"아냐, 깜냥이 찾았으니까 괜찮아."
따뜻한 봄볕이 우리들 어깨에 내려앉았다.

“야옹!”

생각 톡

★ 생명은 소중해요

우리가 살아가는 환경을 아름답고 다채롭게 해 주는 꽃과 나무, 크고 작은 동물들은 모두 생명이 있어요. 매일매일을 열심히 살아가지요. 한 번 잃어버린 생명은 다시 찾을 수도 없고, 다른 것으로 대신할 수도 없답니다. 또 생명이 있는 것은 모두 귀하기 때문에 생명을 소중히 여겨야 해요. 생명을 보호하기 위해 우리가 할 수 있는 일은 무엇이 있을까요?

작은 풀꽃을 꺾거나 함부로 밟지 않아요. 화분과 다양한 풀꽃에 물을 주는 것도 좋아요. 곤충은 괴롭히지 않고, 밟지 않도록 조심해요. 동물, 식물들이 잘 살아갈 수 있도록 도와줘요.

★도시에 사는 동물들

우리가 사는 도시에서 함께 살아가는 동물들이 있어요. 집에서 돌보는 반려동물, 길을 가다가 만나는 길고양이, 나무나 숲에 사는 곤충들과 같이요. 이 동물들을 보호하고 함께 살아가는 방법에는 어떤 것들이 있을까요?

반려동물

반려동물은 평생 함께할 짝으로 키우는 동물을 말해요. 키우기 힘들다고, 물건처럼 싫증이 났다고 버릴 수 없어요. 끝까지 책임져야 하지요. 키우기 전에 가족과 잘 맞는지, 반려동물이 지내기에 우리 집이 알맞은지 고민해보고 신중하게 결정해야 해요. 만약 키우게 되었다면 반려동물의 습성에 맞게 지낼 수 있도록 도와주어야 해요.

길고양이

길고양이는 길에 사는 고양이를 말해요. 길고양이가 없다면 쥐가 많아져 전염병을 옮기는 등의 문제가 생길 수 있어요. 길고양이도 보호받아야 할 소중한 생명이랍니다. 길고양이들이 길에서 잘 살 수 있도록 도와주는 방법은 어떤 것이 있을까요?

먼저 길고양이들이 자주 다니는 곳에 깨끗한 물과 고양이용 사료를 놓아 줘요. 사람이 먹는 음식은 길고양이가 먹으면 안된답니다. 고양이들이 먹고 나면 그 자리를 깨끗하게 치워요.

새끼 고양이를 만났을 때는 먼저 어미 고양이가 있는지 살펴봐요. 어미 고양이가 먹이를 구하러 갔을 지도 모르거든요. 또 새끼 고양이를 함부로 만지지 않도록 주의해요. 혹시 새끼 고양이에게 다른 냄새가 나면 어미 고양이가 새끼를 알아보지 못해 돌봄을 받지 못할 수 있어요. 또 사람을 피해 급히 도망가면서 사고가 날 수도 있지요.

동물원의 동물들

동물원에는 여러 동물들이 살고 있어요. 원래 야생에서 사는 동물들이지만, 동물원이라는 곳에서 사육사들의 보호를 받으며 지내고 있지요. 좁은 공간에서 지내고, 사람들을 만나면서 스트레스를 받기도 하지만, 동물원에 사는 동물들을 배려한다면 동물원의 동물들은 좀 더 잘 지낼 수 있을 거예요.

동물원 동물들에게는 함부로 음식을 주면 안돼요. 정해진 먹이 외에 다른 음식을 먹으면 동물이 오래 건강하지 못하답니다. 또, 소리를 지르거나 유리창을 두드리지 않아요. 동물들이 스트레스를 받을 수 있어요. 자는 동물들이 있다면 깨우지 않게 조용히 관람해요. 그리고 동물들을 함부로 만지지 말고, 돌이나 쓰레기를 던지지 않아요. 동물들이 상처를 입거나 스트레스를 받을 수 있답니다.

길을 잃거나 버려진 동물들

우리는 종종 길에서 가족을 잃고 혼자 돌아다니는 동물을 마주하곤 해요. 이들을 유실, 또는 유기 동물이라고 불러요. 유실은 잃어버렸다는 뜻이고, 유기는 버려졌다는 뜻이에요. 이들은 한때 누군가의 반려동물이었지만, 길을 잃거나 버려져서 도시를 떠돌게 된 것이에요.

길에는 동물에게 위험이 되는 것들이 많아요. 배가 고파서 아무거나 먹을 수도 있고, 빠르게 달리는 자전거나 자동차와 부딪칠 수도 있어요. 깨끗하게 씻지 못해서 병에 걸릴 수도 있지요. 누구의 보호나 도움도 받지 못하기 때문에 더 위험해요.

유실·유기 동물의 수는 매년 늘고 있어요. 더 이상 길 위에서 다치거나 죽는 동물이 없도록 우리의 관심이 필요해요. 만약 유실·유기 동물을 발견했다면 가까운 곳에 있는 동물 보호소에 연락해 데려다주도록 해요.

★동물에게도 권리가 있어요

사람에게는 인간으로서 당연히 가지는 기본적 권리인 '인권'이 있어요. 자유로울 권리, 차별받지 않을 권리, 일할 권리 등이 있지요. 인간에게 권리가 있듯이 동물에게도 권리가 있어요. 1978년 10월 15일, 파리 유네스코에서 '세계 동물권리 선언문'이 공포되었어요.

"모든 동물은 태어나면서부터 평등한 생명권과 존재할 권리를 지닌다."

동물이 살아야 지구가 살고, 지구가 살아야 동물도 살 수 있어요. 동물을 존중하는 것은 인간이 다른 인간을 존중하는 것과 같아요. 그리고 이 세상 모든 생명이 함께 살아가는 데 동물을 존중하는 태도가 큰 도움이 되기 때문이지요. 동물이 살아남지 못한 세상에서, 동물이 고통받는 땅에서 인간도 행복하게 살 수 없답니다.

누가 고양이를 데려갔나

글 고상한 그림책 연구소 | **그림** 이영림
펴낸날 2022년 2월 15일 개정판 1쇄
펴낸이 김상수 | **기획 · 편집** 이성령, 권정화, 조유진 | **디자인** 문정선, 조은영 | **영업 · 마케팅** 황형석, 임혜은
펴낸곳 루크하우스 | **주소** 서울시 서초구 사임당로 50 해양빌딩 504호 | **전화** 02)468-5057 | **팩스** 02)468-5051
출판등록 2010년 12월 15일 제2010-59호

www.lukhouse.com
cafe.naver.com/lukhouse

© (주)루크하우스, 이영림
저작권자의 동의 없이 무단 복제 및 전재를 금합니다.

ISBN 979-11-5568-499-3 64800
ISBN 979-11-5568-497-9 (세트)

※ 잘못된 책은 구입처에서 바꾸어 드립니다.
※ 값은 뒤표지에 있습니다.

상상의집